14 Décembre 1891

V

COLLECTION

DE

M. DE SCHMID

DE YOKOHAMA

OBJETS D'ART DU JAPON

ET DE LA CHINE

IMPRIMERIE DE L'ART

CATALOGUE

DES

OBJETS D'ART DU JAPON

ET DE LA CHINE

BRONZES DU XVe AU XIXe SIÈCLE

GARDES DE SABRES ET KODZUKA

Armes du Japon et de l'Inde

LAQUES — DIVINITÉS — ÉCRANS

PANNEAUX

Grande Chapelle — Objets variés — Porcelaines et Poteries

Étoffes — Peintures — Kakémonos

Formant la Collection de M. DE SCHMID, de Yokohama

ET DONT LA VENTE AURA LIEU

HOTEL DROUOT, SALLE N° 2

Les Lundi 14, Mardi 15 et Mercredi 16 Décembre 1891

A DEUX HEURES

Me Maurice DELESTRE
COMMISSAIRE-PRISEUR
27, rue Drouot, 27

M. Charles MANNHEIM
EXPERT
7, rue Saint-Georges, 7

EXPOSITION PUBLIQUE

Le Dimanche 13 Décembre 1891, de 1 heure 1/2 à 5 heures 1/2

CONDITIONS DE LA VENTE

La vente sera faite expressément au comptant.

Les Acquéreurs paieront, en sus des adjudications, CINQ POUR CENT, applicables aux frais.

L'Exposition mettant le public à même de se rendre compte de l'état des objets, il ne sera admis aucune réclamation une fois l'adjudication prononcée.

Paris. — Imp. de l'Art, E. MÉNARD et Cie, 41, rue de la Victoire.

DÉSIGNATION DES OBJETS

BRONZES DE LA CHINE ET DU JAPON

DU XVe AU XIXe SIÈCLE

1 — Très grand brûle-parfums en bronze brun du Japon : il est composé d'une coupe affectant la forme d'une nuée, et dont le couvercle ajouré est surmonté d'une statuette de Raïden, Dieu du tonnerre, surgissant entre les flammes. Cette coupe est portée par une base simulant les flots de la mer, au milieu desquels se dressent des dragons.

2 — Grande jardinière de forme circulaire en bronze brun, décorée de kirins et de dragons en relief; elle repose sur un support simulant des rochers et feuillages sur lesquels courent des tortues. Japon.

3 — Grand brûle-parfums en bronze brun, formé d'une coupe couverte, à décor de singes dans les arbres et surmontée d'un faucon aux ailes déployées en ronde bosse, mettant en fuite deux essaims d'oiseaux formant les anses; base simulant un tronc d'arbre. Japon.

4 — Deux brûle-parfums formés chacun d'un chien de Fô menaçant. Bronze brun. Japon.

5 — Grand vase à corps sphéroïdal surbaissé, piédouche et ouverture très évasée quadrangulaire, se développant sur les côtés en prolongements qui se déroulent en volutes et se rattachent à la panse pour former les anses; autour de la panse, ceinture ornée de postillages saillants. Bronze brun. Japon. XVIIIe siècle.

6 — Petit vase à saké ovoïde en bronze brun, présentant sur l'épaulement des gouttelettes en bronze oxydé. Support en bronze brun simulant les flots de la mer. Japon.

7 — Cornet évasé avec renflement médian, en bronze brun, orné de chiens de Fô en relief sur champ carrelé. Pied en bois. Chine. XVe siècle.

8 — Petit vase balustre à quatre faces, en bronze

brun ; le col est orné d'un carrelage en léger relief; les anses sont formées de deux libellules. Japon.

9 — Petit vase balustre à anses, en bronze brun; décor en léger relief de grecques et quadrillages. Nien-hao de Siouen-te sur le col. Chine. xve siècle.

10 — Bouteille en bronze brun munie de deux petits tubes latéraux au col; décor d'oiseaux et de poissons en léger relief. Chine.

11 — Petit vase en bronze brun en forme de balustre aplati ; la panse est ornée de compartiments unis, avec encadrements méplats. Chine.

12 — Brûle-parfums en bronze brun, de forme ovale, accosté et surmonté de figurines d'enfants jouant. Japon.

13 — Brûle-parfums couvert, en bronze brun, affectant la forme d'un oiseau perché sur un rocher. Japon.

14 — Brûle-parfums couvert, en bronze brun, en forme de canard perché sur un rocher. Japon.

15 — Deux vases de forme ovoïde aplatie, en

bronze, avec incrustations de métal simulant des fleurettes sur champ caillouté. Japon.

16 — Petit vase balustre hexagone en bronze brun, à deux anses; décor de zones unies alternant avec des bandes chargées de grecques et motifs en léger relief. Chine.

17 — Bouteille à anses dragons, en bronze brun; sur le col, décor simulant les flots de la mer. Chine.

18 — Vase piriforme à anses têtes de dragons, en bronze brun : zone de grecques sur le col. Chine.

19 — Vase piriforme à col évasé et festonné, en bronze brun; anses têtes de dragons. La panse est unie. Japon.

20 — Vase ovoïde à col très évasé, en bronze brun; anses têtes de dragons. Pied en bois. Japon.

21 — Vase quadrilatéral légèrement renflé, en bronze brun, présentant en relief une suite de personnages et des oiseaux. Japon.

22 — Jardinière circulaire à pourtour côtelé, en bronze brun; anses têtes de dragons; base carrée chargée de grecques. Chine.

23 — Cornet évasé en bronze brun, interrompu à la base par un renflement sphérique; anses en forme de chiens de Fô ; surface partiellement couverte de rinceaux sur champ vermiculé. Chine.

24 — Bouteille en forme d'ampoule à col très effilé. Bronze brun du Japon.

25 — Vase en bronze brun, à panse surbaissée et col évasé, simulant un sac que ferment avec une cordelette deux petits personnages en ronde bosse qui tiennent lieu d'anses. Japon.

26 — Vase en bronze brun, simulant une corbeille d'osier. Japon.

27 — Deux vases balustres en bronze brun, présentant deux caractères d'écriture sur fond carrelé; anses dragons. Pieds en bois. Japon.

28 — Jardinière de suspension en forme de croissant, en bronze brun du Japon.

29 — Vase sphéroïdal couvert et à deux anses, supporté par trois figurines d'enfants; lambrequin à l'épaulement; le bouton du couvercle est formé d'une statuette de personnage monté sur un chien de Fô. Bronze brun. Japon.

30 — Garniture de trois jardinières lobées; l'une oblongue, les autres rondes; décor de papillons et de rinceaux dorés et argentés. Bronze brun. Japon.

31 — Petite aiguière cylindrique couverte en bronze brun. Japon.

32 — Deux chandeliers sur triple pied simulant le bambou; bronze brun. Japon.

33 — Shibatchi, brasier à couvercle repercé; bronze brun. Japon.

34 — Deux vases à panse ovoïde en bronze brun du Japon; décor damasquiné de lambrequins et grecques.

35 — Cornet avec renflement à la base. Japon.

36 — Vase balustre aplati, à décor de grecques et de stries, avec petits tubes latéraux. Chine.

37 — Vase piriforme à anses; décor composé de deux bandes de grecques. Chine.

38 — Bouteille présentant des médaillons contenant des oiseaux, dragons, etc., petits tubes latéraux au col servant d'anses. Japon.

39 — Porte-bouquet quadrilobé, à surface imbriquée avec crabe en relief. Bronze. Japon.

40 — Brûle-parfums couvert sphérique, sur piédouche et col à gorge : Figurine d'enfant sur le couvercle. Bronze. Japon.

41 — Vase à panse surbaissée, anses, et sur piédouche ; décor formé de deux bandes de grecques. Bronze. Chine.

42 — Autre analogue; mais orné de trois bandes de grecques. Chine.

43 — Deux pièces : petite coupe couverte supporportée par trois singes, et brûle-parfums de style indien. Bronze. Japon.

44 — Vase à six pans et deux anses ; décor formé de deux bandes de grecques. Bronze. Chine.

45 — Vase balustre à deux anses ; décor de bandes et lambrequins ornés de grecques. Bronze. Chine.

46 — Vase balustre aplati, couvert de grecques, avec tubes latéraux comme attaches. Bronze. Chine.

47 — Coupe, à décor de feuillages et dragons en haut-relief. Bronze. Japon.

48 — Crabe. Bronze. Japon.

49 — Statuette de Philosophe assis, un chien à ses pieds; il élève à la hauteur de sa tête un anneau que tient sa main droite. Bronze. Japon.

50 — Coupe côtelée, présentant des dragons, grenades, etc., en relief. Bronze. Japon.

51 — Brûle-parfums simulant un sac noué par une cordelette et porté par trois chiens de Fô. Bronze. Japon.

52 — Vase en forme de feuille de lotus. Bronze. Japon.

53 — Bouteille présentant au col une bande de grecques , avec tubes latéraux servant d'anses. Bronze. Chine.

54 — Petite coupe reposant sur une ancre. Bronze. Japon.

55 — Pot cylindrique présentant des dragons en haut-relief. Bronze. Japon.

56 — Vase à six pans, à col orné d'un carrelage, avec anses dragons, et deux réserves d'animaux sur la panse. Bronze. Japon.

57 — Vase balustre sur piédouche, à décor de kirins en relief sur fond de grecques. Bronze. Japon.

58 — Vase quadrangulaire à corps côtelé, à décor

de fleurs et d'animaux gravés. Socle en bois, Bronze. Chine.

59 — Vase à panse surbaissée, deux anses, col et piédouche présentant des têtes de clous ; décor de bandes et lambrequins chargés de grecques. Bronze. Chine.

60 — Deux pièces, bronze du Japon : petit cornet à base renflée, et petit brûle-parfums surmonté d'un chien de Fô.

61 — Deux lampes de suspension en bronze à patine claire du Japon, à tige formée d'un dragon.

62 — Deux chandeliers balustres en bronze du Japon.

63 — Chandelier en bronze du Japon, en forme de grue montée sur une tortue.

64 — Deux petits vases hexagones en bronze du Japon ; décor d'oiseaux.

65 — Petit brûle-parfums à anses surélevées en bronze du Japon.

66 — Sept pièces, Inde et Japon, en bronze : miroir, bol, petites coupes, petite bouilloire, etc.

67 — Grand socle bas oblong en bronze. Japon.

68 — Deux lampes de suspension en bronze argenté du Japon, à tiges feuillages.

69 — Marmite en bronze brun. Japon.

70 — Gong en bronze.

71 — Quatre pièces : goko, sanko et ko simple, images de la foudre. Culte bouddhique. Bronze. Japon.

72 — Petit bassin circulaire en bronze brun uni Japon.

GARDES DE SABRES ET KODZUKA

73 — Garde en fer ajouré, à bords lobés inscrivant deux dragons en ronde bosse, avec griffes, yeux, etc., en or. Fin du XVIIe siècle.

74 — Garde en bronze, décorée en relief par applications d'or et de shakoudo : dragon dans les nuages. XVIIIe siècle.

75 — Grande garde quadrilobée en fer martelé : hibou sur un bambou. XVe siècle.

76 — Garde en shakoudo avec applications d'or : personnage accroupi près d'une table à écrire et contemplant un dragon dans les nuages ; près de lui, un enfant épouvanté se jette la face contre terre. XVIIIe siècle.

77 — Garde quadrilobée en shakoudo, fond pointillé et décor en relief avec applications en or et en argent : plantes fleuries et graminées. XVIIIe siècle.

78 — Garde en fer partiellement laquée, composée de quatre masques de théâtre entourés de leurs cordons ; de chaque côté de l'ouverture, une plaque en shakoudo.

79 — Garde en bronze bruni avec parties d'or : dragon dans les nuages. XVIIIe siècle.

80 — Garde en fer : deux dragons affrontés en ronde bosse, tenant une perle entre les dents ; yeux en or. Fin du XVIIe siècle.

81 — Garde en shibuitshi, décorée en relief avec applications d'or, argent et bronze rouge ; sur une face, un dragon ; sur l'autre, deux personnages affrontant les éclats de la foudre. XVIIIe siècle.

82 — Garde en shibuitshi : les trente-six Rakans, apôtres de Bouddha, en relief. XVIIIe siècle. Pièce d'une exécution très remarquable.

83 — Garde en shakoudo, décorée d'un arbre en relief sur chaque face avec applications d'or.

84 — Garde en shakoudo avec applications de bronze rouge, d'or et de sentokou : cerfs au bord d'une rivière.

85 — Garde en shakoudo avec applications de shibuitshi et d'or : branches fleuries et oiseaux.

86 — Garde en shakoudo granulé avec applications et incrustations d'or et de bronze rouge : oiseaux sur un arbre.

87 — Garde à bords festonnés en shakoudo granulé : rinceaux et chrysanthèmes en relief.

88 — Garde quadrilobée en shakoudo avec incrustations et applications d'argent et d'or : branches fleuries au clair de lune.

89 — Garde en shakoudo granulé avec applications d'or et d'argent : poissons.

90 — Garde en shakoudo granulé avec applications d'or : branches fleuries.

91 — Garde quadrilobée en shakoudo avec applications et incrustations d'or : dragons dans les nuages.

92 — Garde en shakoudo incrusté d'or : sur une face, deux chevaux; sur l'autre, un tronc d'arbre.

93 — Garde en sentokou avec applications d'or, d'argent et de shibuitshi : coquillages sur chaque face.

94 — Garde oblongue en sentokou avec applications de shakoudo : tronc d'arbre et branches fleuries.

95 — Garde en fer et shibuitshi avec applications d'or et d'argent : troupe de cerfs au clair de lune ; au revers, chauve-souris et montagne.

96 — Grande garde quadrilobée en fer, partiellement incrusté d'or : filets tendus entre deux arbres.

97 — Garde en fer ajouré : grues dans les nuages.

98 — Garde en fer repercé partiellement doré : combat, scène à nombreux personnages.

99 — Garde en fer repercé partiellement doré ; la bordure circonscrit un fong-hoang.

100 — Garde oblongue en fer avec applications de bronze rouge : grenouille et branche fleurie.

101 — Garde à bords festonnés en fer partiellement doré : dragon dans les flots.

102 — Garde en fer ajouré, partiellement doré et incrusté d'or et de shakoudo : jeté de fleurettes.

103 — Garde en fer ajouré avec applications d'or ; un dragon rampe le long de la bordure.

104 — Garde à bords contournés en fer incrusté de shakoudo et d'or : enfant monté sur un bœuf.

105 — Garde en fer partiellement argenté : animal chimérique.

106 — Garde en fer ajouré, partiellement doré et argenté et incrusté de shakoudo ; décor de fleurettes et de réserves de formes variées contenant des fleurs et attributs.

107 — Garde en fer ajouré partiellement doré ; la bordure circonscrit un arbuste fleuri.

108 — Manche de kodzuka en shibuitshi ; décor en relief, avec applications d'or : Dharma.

109 — Autre en shakoudo, figurant un sac.

110 — Autre en shibuitshi décoré, par applications d'or et d'argent, d'une tige fleurie.

111 — Autre en shibuitshi, décoré en relief par applications de bronze rouge : serpent et crapaud.

112 — Autre en bronze ciselé, figurant une poignée de sabre entourée de sparterie, et portant une branche de chrysanthèmes, en applications d'or et d'argent.

113 — Kodzuka à manche de shibuitshi, décor ciselé et incrusté d'or : femme tenant un écran, endormie sous un arbre.

ARMES JAPONAISES

114 — Sabre japonais : fourreau laqué présentant en laque d'or les armoiries de Maeda, prince de Kaga, sur fond pailleté multicolore et incrusté de burgau ; garde et garnitures en fer à décor de chrysanthèmes damasquinés.

115 — Autre à fourreau de bois laqué noir et or à feuillages, garde ajourée en shakoudo ; accompagné d'un kodzuka.

116 — Autre à fourreau en bois laqué or, décor de chiens de Fô.

117 — Autre à fourreau de cuir noir, garde et garnitures de fer ornées d'insectes dorés.

118 — Autre à fourreau de bois laqué, armoiries en noir sur fond poudré or ; garde en shakoudo ciselé.

119 — Petit sabre japonais : lame gravée, fourreau de cuir rouge, poignée en peau de requin et étoffe ; accompagné d'un kodzuka et d'un kogaï en sentokou.

120 — Petit sabre japonais : fourreau de bois gravé ; kodzuka, garde, anneau et bout de la fusée en shakoudo enrichi de motifs émaillés à gouttelettes.

121 à 130 — Vingt-deux sabres japonais variés de dimensions et de décor.

131-132 — Quatre fusils japonais à mèche.

133-134 — Neuf lances japonaises à hampes et fourreaux de bois naturel ou laqué à armoiries.

135 — Neuf autres à hampes de bois et fourreaux dorés ou peints de forme contournée.

136 — Douze autres à fourreaux peints ou dorés ou ornés de plumes.

137 — Six armes d'hast japonaises en bois munies de pointes.

138 à 143 — Six armures japonaises en bois laqué, fer gravé, incrusté, doré et argenté, bronze, etc.

144 — Rondache en fer repoussé, ornée d'un dragon. Japon.

145 — Autre également en fer, décorée de dragons. Japon.

146 — Casque en fer de forme élevée.

147 — Masque militaire en fer.

148-149 — Quatre paires d'étriers japonais en bois laqué et fer à décor doré.

150-151 — Six coiffures japonaises : l'une en osier, les autres en bois laqué noir, or et argent ; dragons et armoiries.

152 — Casque en fer laqué rouge.

153 — Deux grands arcs japonais, avec carquois.

ARMES ORIENTALES

154 — Deux sabres indiens ; garde munie de deux rondelles de cuivre ; large lame.

155 — Trois sabres indiens, à poignées de fer, avec motifs argentés.

156 — Deux sabres indiens, à lames de damas; poignées de bronze argenté, à tête de dragon.

157 — Deux sabres droits indiens, presque semblables; poignée de fer ornée de motifs dorés; la rondelle supérieure est surmontée d'un prolongement. Lame en damas.

158 — Autre sabre droit indien, à poignée de fer, à motifs argentés.

159 — Épée à poignée de fer damasquiné argent, pommeau en forme de tête d'oiseau. Inde.

160 — Sabre à poignée d'ivoire et cuivre. Indo-Chine.

161 — Sabre indien, à poignée de cuivre, terminée par une tête de bélier.

162 — Coutelas à poignée de corne.

163 — Deux poignards orientaux : fusée d'ivoire, lame de damas, fourreau d'étoffe.

164-165 — Deux coutelas, à large lame courbe ;

l'un, à poignée de bronze et fourreau de cuir; l'autre, à poignée de bois et fourreau de cuir, garni en argent et cuivre. Indo-Chine.

166-167 — Quatre kouthars indiens, fer et bronze.

168 — Deux petits sabres orientaux, à poignée de bronze terminée par une tête de bélier.

169-170 — Quatre kriss malais, fourreau de bois; poignées de bois, ivoire, corne.

171 — Quatre pièces : deux hachettes orientales en fer damasquiné, fléau, bois et fer, et casse-tête formé d'un os.

172 — Trois fers de lances.

173 — Trois arcs indiens, dont deux ornés de peintures, avec flèches.

174 — Trois rondaches indiennes en cuir peint et doré, à animaux et arabesques.

LAQUES DU JAPON

175 — Pupitre supporté par deux tiges reposant sur une base rectangulaire à tiroir, en bois laqué noir et or, à reliefs, avec parties aventu-

rinées : le décor consiste en paysages traversés par des cours d'eau et parsemés de rochers. Japon.

176 — Petit cabinet à deux portes en bois laqué noir, décoré d'oiseaux et de branches fleuries rapportés en burgau, ivoire teinté, pierre de lard, etc.; il contient plusieurs tiroirs. Japon.

177 — Petite caisse rectangulaire en bois naturel, ornée d'inscriptions et d'attributs religieux rapportés en burgau, cristal de roche, ivoire teinté, corail, etc.; elle contient dix-huit tablettes présentant chacune, en laque or et couleur à reliefs, une divinité ou un saint bouddhique sur fond aventuriné, avec légende au revers. Japon.

178 — Petit cabinet en bois laqué noir et or, à reliefs, avec applications de nacre, d'ivoire de couleur, etc.; décor de paysages, d'oiseaux et de branches fleuries; il contient un tiroir extérieur, six tiroirs intérieurs et un compartiment supérieur fermant à coulisses. Japon.

179 — Boîte plate, oblongue, en laque noir, or et argent, à reliefs, avec burgau rapporté : un pêcheur, à l'arrière d'une barque, retire ses filets.

180 — Miroir dans un cadre en bois ajouré, sculpté, doré et laqué rouge, à personnages.

181 — Socle oblong en bois laqué noir et or, aux armoiries des Shiogouns Tokougava.

182 — Table oblongue en bois laqué noir et couleur, à reliefs; le dessus et la tablette de base présentent un paysage traversé par un cours d'eau.

183 — Étagère formée de sept plateaux superposés en bois laqué, à feuillages en laque d'or sur champ marbré.

184 — Petit écran de table en bois laqué : sur une face, Djiou-Rodjin, dieu de longévité, monté sur le cerf blanc; sur l'autre, une jeune femme tenant des fleurs.

185 — Deux flacons en bois laqué simulant l'émail cloisonné : animaux fantastiques. Travail moderne.

186 — Éventail en bois naturel supporté par deux montants reposant sur une base en bois partiellement laqué or.

187 — Boîte circulaire en laque rouge en haut-relief, décor de volutes. Japon.

188 — Petit brûle-parfums en bois laqué et doré en forme de branche terminée par un lotus. Japon.

189 — Modèle de chaise à porteurs en bois laqué noir et or. Japon.

190 — Cantine en bois laqué noir et or à armoiries, compartiments intérieurs avec récipients métalliques et tiroirs.

191 — Deux boîtes carrées en bois laqué noir et or à décor d'armoiries.

192 — Quatre pièces : support à deux montants quadrangulaires et plateau supérieur à bords relevés, en laque noir et rouge et rehauts d'or : fleurs de pêcher. Il est accompagné de trois petites coupes décorées de même.

193 — Trois petites tablettes rectangulaires en bois laqué noir et or; le dessus est échiqueté. Jeux japonais (?).

194 — Miroir métallique dans une boîte en bois laqué noir.

195 — Deux paires de chaussures japonaises en bois et cuir laqués noir.

196 — Trois pièces : boîte, bol et fragment en bois laqué noir et or.

197 — Plusieurs pièces : quatre petits supports, bois laqué noir et or, et lot de jouets.

DIVINITÉS JAPONAISES

198 — Statuette en bois sculpté et doré : le Bouddha Rosana dans l'attitude de la méditation, assis sur le lotus et abrité sous une gloire en forme de feuille de figuier.

199 — Statuette en bois sculpté et doré : le Bouddha Rosana assis, méditant, abrité sous une gloire en forme de feuille de figuier.

200 — Statuette en bois sculpté et doré sur terrasse : le Bouddha Amida debout sur le lotus et enseignant.

201 — Statuette en bois sculpté et doré : Kouan-on debout sur le lotus, tenant un lotus à la main, la tête couronnée d'une gloire en forme de feuille de figuier.

202 — Statuette en bois sculpté et doré : Kouan-on debout sur le lotus dans l'attitude de la prière.

203 — Petit groupe en bois sculpté et partiellement doré : Kouan-on entre Bishamon et Djikokou, gardiens de l'est et de l'ouest.

204 — Petite pagode en bois naturel : à l'intérieur, statuette en bois sculpté de la déesse Benten tenant le glaive et le lotus.

205 — Petite pagode en bois laqué noir contenant trois divinités en bois sculpté peint et doré : la déesse Benten, et devant elle Bishamon, et Daï-Kokou ; l'intérieur des volets présente une suite de fidèles leur apportant des offrandes.

206 — Statuette en bois sculpté et doré : le Bouddha Shaka-mouni sur le lotus et enseignant, abrité sous une auréole circulaire.

207 — Statuette en bois sculpté et doré : le Bouddha Amida assis, abrité sous une gloire en forme de feuille de figuier et tenant le bol à aumônes.

208 — Statuette en bois sculpté et doré : le Bouddha Amida assis tenant le lotus.

209 — Statuette en bois sculpté et doré : Kouan-on debout sur le lotus, les mains jointes, abrité sous une auréole.

210 — Statuette en bois sculpté et doré : Kouan-on debout sur le lotus, une fleur à la main, abrité sous une auréole.

211 — Pagode en bois naturel : à l'intérieur, statuette en bois peint de Kouan-on, à huit bras, la tête surmontée d'un serpent à face humaine et d'une coiffure en forme de tori-i.

212 — Deux pièces : petite pagode en bois laqué noir : à l'intérieur, plusieurs divinités en bois peint, et figurine en bois peint de divinité japonaise.

213 — Pagode en bois simulant une hutte en chaume : à l'intérieur, figurine en bronze de divinité.

214 — Neuf pagodes en bois contenant chacune une divinité japonaise.

215 — Quatre petites pagodes en bois laqué noir contenant diverses divinités japonaises.

216 — Statuette en bois partiellement doré : le Bouddha Shaka-mouni, assis, faisant le geste de charité.

217 — Statuette en bois doré : Kouan-on assis,

tenant un sceptre, abrité sous une auréole circulaire.

218 — Statuette en bois doré : Héros japonais divinisé, debout, les mains jointes, le kô simple sur la poitrine.

219 — Huit statuettes et groupes en bois naturel de divinités japonaises : Daïkokou, dieu de la richesse; Yebissou, dieu des pêcheurs; Benten, etc.

220 — Six statuettes en bois peint et doré : divinités japonaises : Dji-Kokou, gardien de l'ouest; Marissi-ten, dieu de la guerre, etc.

221 — Statuette en bois peint et doré : Benten jouant de la biva.

222 — Statuette en bois peint et doré : Bishamon, gardien de l'est.

223 — Statuette en bois peint : Prêtre japonais, assis, les mains jointes.

224 — Statuette en bois peint : Foudo-mio-ô, à trois têtes, tenant la corde, et monté sur le taureau.

225 — Groupe en bois doré : Kouan-on assis sur

le lotus; à ses côtés, deux divinités, l'une les mains jointes, l'autre tenant une fleur.

226 — Statuette en bois doré : le Bouddha Amida, debout, faisant le geste de charité; gloire en forme de feuille de figuier.

227 — Statuette en bois naturel rehaussé de dorure : Kouan-on, assis, un lotus à la main; le tout supporté par un éléphant couché.

228 — Pagode en bois laqué noir contenant dix-huit divinités japonaises en bois doré et peint.

229 — Autre, contenant Kouan-on, en bois noir, tenant le lotus.

230 — Deux autres en bois naturel avec divinités.

231 — Deux pagodes en bois laqué noir contenant : l'une, une figurine de Kouan-on en bois partiellement doré; l'autre, Marissi-ten, dieu de la Guerre, sur le sanglier.

232 — Statuette en bois noir : Daïkokou, dieu des richesses.

233 — Groupe en bois partiellement doré : Kouan-on entre deux gardiens du monde.

234 — Pagode en bois naturel, contenant Foudo-mio-o, tenant le glaive et la corde, en bois peint.

235 — Pagode en bois naturel, contenant un groupe en bois peint et doré : Foudo-mio-o tenant l'épée et la corde, et ses deux serviteurs devant lui.

236 — Statuette en bois peint et doré : Kouan-on à quatre paires de bras, assis

237 — Pagode en bois laqué rouge, contenant Inari, dieu des récoltes, monté sur le renard Kitsouné, en bois naturel peint et doré.

238 — Deux pièces : figurine et groupe en pierre de lard : divinités.

ÉCRANS ET PANNEAUX

OBJETS VARIÉS

239 — Grand écran chinois en bois de fer sculpté : la feuille présente sur fond peint gris un paysage animé de nombreux personnages rapportés en

bois sculpté, jades blanc et vert et cristal de roche; au revers, branche fleurie.

240 — Écran à monture de bois de fer et à feuille en papier peint et doré, paysages sur les deux faces.

241 — Grande chapelle de famille en bois laqué noir sur base à tiroirs et tablette : l'intérieur présente un portique architectural en bois laqué or, orné de petits kakémonos en étoffe offrant des inscriptions et divinité; il contient en outre de petites lampes de suspension, des vases, etc. Japon.

242 — Panneau en largeur en bois naturel poudré d'or : des corbeaux perchés sur une branche en laque d'or se profilent en transparence sur le disque affaibli de la lune. D'après l'œuvre célèbre de Korin. XVIIIe siècle. Japon.

243 — Panneau en largeur en bois naturel partiellement laqué de couleur avec sujets rapportés en ivoire sculpté et partiellement doré : combat de Benké et de Yoshitsouné, légende japonaise.

244 — Panneau en largeur en pâte de couleur, présentant en léger relief sur fond gris pailleté or

le dieu Shïoki sur un chien de Fô traversant un pont à la poursuite d'un démon caché sous ce pont. Japon.

245 — Petit panneau rectangulaire en bois naturel décoré d'un casque et d'un sabre, en laque de couleur en relief avec incrustations de nacre. Japon.

246 — Panneau rectangulaire en bois naturel, décoré d'oiseaux et de lotus rapportés en laque d'or et de couleur. Japon.

247 — Autre en bois sculpté : lotus. Japon.

248 — Plateau oblong en bois d'amboine orné d'une guirlande de vigne en relief.

249 — Panneau d'ex-voto, yema, en hauteur en bois : singe sur un cheval laqué en couleur sur fond poudré or. Japon.

250 — Deux panneaux en hauteur en bois naturel à sujets en relief et laqués en couleur : sur l'un, guerrier à cheval ; sur l'autre, personnage assis à une table et accompagné d'un garde. Japon.

251 — Panneau étroit en hauteur, décoré d'ivoire et laque en haut-relief, d'un personnage endormi

devant un écran; dans le haut, le croissant de la lune. Signé : *Ritsuo*. Japon.

252 — Petit panneau en bois gravé : fleurs et rochers.

253 — Miroir en cuivre argenté, Mi-kagami, sur socle en bois doré imitant les vagues, symbole de la Création. Culte Shinto. Japon.

254 — Plateau rond en bois doré ; au milieu, un fruit.

255-256 — Six pièces bois doré, peint et laqué : chiens de Fô et têtes articulées de chiens de Fô. Japon.

257 — Deux petits panneaux en bois sculpté, ajouré et doré : oiseaux et bambous. Japon.

258 — Environ dix pièces : gohé à plusieurs lanières de papier et à manche en bois laqué, culte Shinto, flûte en bois, grelots, chapelets, etc.

259-260 — Trois tambours, bois laqué et peau. Japon.

261 — Koto, sorte de harpe japonaise, en bois incrusté de filets d'ivoire et orné d'étoffe.

262 — Shamissen, sorte de mandoline japonaise.

263 — Biva, guitare japonaise, bois naturel.

264 — Huit flûtes en bois laqué noir.

265 — Conque, servant de trompette.

266 — Trois ombrelles japonaises.

267 — Trousse de fumeur, cuir noir et bronze.

268 — Pipe et accessoires en métal blanc.

269-270 — Seize pièces : quatorze éventails et deux petits paravents de table japonais.

271 — Deux éventails japonais.

272 — Grande jardinière oblongue en émail cloisonné, décorée sur ses faces de fleurs, de roseaux et d'oiseaux sur fond bleu ; aux angles, têtes de dragons en ronde bosse en bronze.

273 — Plateau octogone : oiseaux sur fond vert. Émail cloisonné. Japon.

274 — Grand plat : oiseaux au clair de lune. Émail cloisonné. Japon.

275 — Deux vases cylindro-coniques, à décor de branches fleuries et insectes, sur fond bleu. Émail cloisonné moderne. Japon.

276 — Trois pièces, fer : éventail et deux petits sceptres.

277 — Deux pièces : pot cylindrique couvert, et théière en fer. Japon.

278 — Lot de monnaies japonaises en bronze.

279-280 — Cinq horloges japonaises ; bois et cuivre.

281 — Petite horloge de table ; bois et cuivre. Japon.

282 — Huit pièces, bronze, fer et marbre : deux petites pinces, petit fourreau, modèle de casque japonais, deux fragments, sorte de gril et ciseaux indiens.

283 — Petite barque en ivoire ajouré contenant deux récipients en argent, avec chaîne de suspension. Japon.

284 — Rocher en bois sculpté orné de personnages et habitations. Chine.

285 — Petite nef en cristal, sur pied en bois sculpté.

286 — Petite coupe sur trois pieds en corne gravée.

287 — Deux boules en cristal, l'une sur socle en bois.

288 — Vase en cristal, à anses têtes d'éléphants.

289 — Boîte à amulettes en bois naturel, formée de deux tubes accolés.

290 — Petite boîte couverte en bois naturel : sur le couvercle, applique en argent, présentant un dragon tenant une boîte de cristal. Japon.

291 — Trois pièces : très petite boîte en bois orné d'oiseaux rapportés en burgau, et deux petits plateaux en bois.

292 — Petit tabouret, bambou ; dessus en marqueterie de bois : oiseaux.

293 — Huit petits supports-appliques, bois noir.

294 — Environ seize petits socles en bois.

295 — Chevalet, bois noir.

296 — Parure indienne de trois pièces en argent doré et verroterie.

297-298 — Quatorze masques japonais, en bois peint ou laqué.

299 — Lot de coiffures en bois laqué.

300 — Instruments de mesure de longueur japonais.

301-302 — Plusieurs modèles : maisons, instruments de jardinage, jonques, pont, etc.

303 — Abaque japonais en bois.

304 — Pagode en bois dur ajouré et sculpté.

305-306 — Fort lot de poupées et groupes de poupées japonaises, chairs laquées et vêtements d'étoffe : Femmes, guerriers, enfants, divinités.

307 — Treize figurines, terre cuite peinte : Indiens.

PORCELAINES DU JAPON ET DE LA CHINE

308 — Deux plats creux à décor bleu, rouge et or : réserve centrale contenant un vase de fleurs ; chute ornée de fleurs. Arita.

309 — Deux plats creux à décor polychrome rehaussé d'or : au fond, deux corbeilles de fleurs dans une réserve entourée de sujets familiers. Arita.

310 — Plat rond, décor bleu, rouge et or : vase de fleurs. Arita.

311 — Vase à panse cylindrique, col évasé et anses découpées; décor bleu de dragons et chauves-souris.

312 — Vase de forme analogue; décor bleu : sujets familiers et attributs.

313 — Pot couvert de forme arrondie; décor bleu de feuillages.

314 — Deux petites potiches turbinées à col étroit; décor d'oiseaux et de tortues avec lambrequin à l'épaulement.

315 — Coupe ronde couverte; décor de réserves contenant des dragons et des fruits et se détachant sur un fond bleu semé de disques en relief. Pied en bois.

316 — Grand plat polychrome; décor en plein, composé d'un paysage et de huit divinités séparées par une bande fleurie à fond rouge.

317 — Deux plats polychromes : buisson fleuri et insectes.

318 — Plat creux à décor en camaïeu bleu : dragons au milieu des flots.

319 — Deux bouteilles à décor de semé de chrysanthèmes rouge et or.

320 — Potiche ovoïde à col étroit; décor bleu de dragons et fleurs.

321 — Pitong cylindrique polychrome et or : paysages et fleurs.

322 — Sept pièces variées : plateaux et coupes en bleu ou en couleur.

323 — Deux plateaux octogones de dimensions différentes, mais de même décor : fleurs et palmettes en couleur.

324 — Plat rond; décor bleu : fleurs sur fond de bâtons rompus.

325 — Plat creux; décor bleu rayonnant : oiseau et fleurs.

326 — Quinze soucoupes : oiseaux en bleu et or.

327 — Neuf autres : haies fleuries.

328 — Quatorze autres : caillouté bleu.

329 — Douze autres en deux décors : bleu, rouge et or et camaïeu bleu.

330 — Quatre bols octogones : Enfants sur fond de rinceaux bleus.

331 — Dix soucoupes : fleurs en couleur et gaufrées sous couverte.

332 — Dix autres : fleurettes.

333 — Dix autres : oiseau et chute émaillée rouge à fleurs.

334 — Dix autres : chute quadrillée et à fleurs.

335 — Vingt autres : dragons.

336 — Vingt autres : chute décorée en camaïeu bleu.

337 — Dix-huit autres : Pêcheurs.

338 — Vingt-quatre autres : dragon et personnages.

339 — Dix-huit autres ; décor bleu : paysages.

340 — Crachoir ; décor bleu et or : personnages.

341 — Trois pièces : poisson, porcelaine blanche, petite coupe libatoire à anse figurine, et bol à décor bleu et rouge.

342 — Plat creux, décor polychrome de zones chargées de rinceaux fleuris.

343 — Plat à bords lobés, décor bleu : Enfants au milieu de rinceaux.

344 — Bassin rond, décor bleu de rinceaux fleuris.

345 — Plat rond, céladon vert d'eau à dragon gaufré sous couverte.

346 — Jardinière oblongue, à décor bleu : arbres et oiseaux.

347 — Vase cylindrique légèrement renflé, décor bleu de rinceaux fleuris.

348 — Grande potiche couverte, décorée de médaillons et réserves en forme d'éventail sur fond bleu quadrillé or.

349 — Bouteille, à décor bleu de fleurs.

350 — Jardinière rectangulaire, à décor bleu : Tortues.

351 — Deux pièces, céladon verdâtre : vase et flacon à feuillages.

352 — Théière sphéroïdale couverte : Oiseaux en bleu.

353 — Autre carrée, à anse et couvercle ; décor de dragons.

354 — Autre de forme ronde couverte, à décor de rinceaux et fong-hoangs.

355 — Brûle-parfums oblong à anses surélevées : feuillages et grecques.

356 — Gourde à double renflement ; décor quadrillé.

357 — Boîte ronde couverte ; décor bleu, semé d'inscriptions.

358 — Boîte à fard cordiforme : fleurs rehaussées d'or.

359 — Aiguière en forme de chien de Fô assis ; décor bleu.

360 — Deux autres.

361 — Petite coupe libatoire en forme de calice de fleur.

362 — Coupe hexagone supportée par trois petits personnages cherchant à en escalader les parois ; décor bleu.

363 — Brûle-parfums formé d'une coupe couverte sur piédouche ; décor bleu, rouge et or.

364 — Boîte ronde couverte ; décor polychrome : Fleurs.

365 — Théière sphérique surbaissée : attributs et quadrillés.

366 — Dix-huit pièces : deux théières, trois petits plateaux, cinq cendriers, boîte lenticulaire, petit pitong, cinq petites tasses, petit vase.

367-368 — Quatre pièces : pot couvert, jardinière à anse, pitong, jardinière carrée.

369 — Huit pièces : deux pots non couverts, cinq petites tasses et très petit pot couvert.

370 — Bol orné de rinceaux et oiseaux en couleur et présentant, en bleu, les kouas, caractères d'écriture.

371 — Bol à pans ; décor de jeux d'enfants.

372 à 374 — Treize bols variés de forme et de décor.

375-376 — Dix autres plus petits, dont deux couverts.

377 — Sept plateaux : Lièvres et Fleurs.

378 — Statuette en porcelaine blanche : Kouan-in debout. Chine.

379 — Bol, famille rose; décor de rinceaux sur fond jaune, avec médaillons réservés. Chine.

380 — Bol décoré en bleu : dragons et rinceaux. Chine.

381 — Bouteille émaillée bleu. Chine.

382 — Bol en céladon vert pâle gravé sous couverte. Chine.

POTERIES DU JAPON

383 — Vase balustre à quatre faces et deux anses, présentant sur fond vert des caractères d'écriture et des sujets familiers en relief réservés en biscuit.

384 — Deux cornets très évasés à pourtour légèrement godronné avec renflement médian ; les godrons sont alternativement jaune uni et rouges à fleurs dorées ; le renflement est orné d'un carrelage.

385 — Deux plats creux, décor polychrome rayonnant : fleurs et rinceaux. Kutani.

386 — Plat creux, décor polychrome et or : personnage ; oiseaux à la chute.

387 — Treize pièces : douze plateaux variés de forme et de décor et très petit pot couvert.

388 — Porte-bouquets formé du dieu des vents, Fou-ten, tenant l'outre où ils sont emprisonnés.

389 — Grand plat creux à bords découpés ; décor polychrome en plein sur fond jaune : chiens de Fô menaçant. Kioto.

390 — Deux vases ovoïdes à col droit : animaux et paysages ; dragons en ronde bosse autour du col. Satzuma.

391 — Deux vases ovoïdes à col évasé : branches fleuries, avec langoustes en ronde bosse sur l'épaulement. Satzuma.

392 — Vase formé d'une tête grimaçante, chairs réservées en biscuit.

393 — Figurine : guerrier japonais debout, décor au naturel.

394 — Jardinière couverte à deux anses et sur trois pieds ; décor en marron sur fond blanc.

395 — Vase cylindrique gris craquelé à deux petites anses.

396 — Deux bols, l'un triangulaire jaspé ; l'autre circulaire à décor de fleurs.

397 — Théière à décor jaspé.

398 — Flacon à décor de fleurs en bleu sur fond noir.

399 — Flacon à base conique : oiseaux sur fond jaune.

400 — Aiguière de forme persane à décor polychrome de fleurs.

401 — Boîte surbaissée : personnages dans des réserves circulaires ou en forme d'éventails. Satzuma.

402 — Vase cylindro-conique émaillé jaune craquelé.

403 — Autre vase, décoré au trait en bleu sur fond gris : paysage.

404 — Bouteille à six pans émaillée noir à l'imitation du bronze.

405 — Statuette de personnage debout appuyé sur une canne et tenant une bouteille.

406 — Boîte circulaire à décor de paysages contenus dans des réserves en forme d'éventails. Satzuma.

407 — Porte-bouquet en forme de tête d'éléphant.

408 — Vingt-deux pièces : théière, pitong, brûle-parfums, etc.

ÉTOFFES

409 — Robe japonaise en pièces en satin bleu brodé à décor de grues.

410 à 414 — Onze robes japonaises ; satin brodé de métal et couleur, soie brochée et toile fine, à fleurs, animaux, etc.

415 à 418 — Neuf tuniques japonaises ; soie brochée lamée de métal à fleurs, animaux, armoiries, etc.

419-420 — Sept pantalons japonais : mêmes étoffes.

421-422 — Cinq ceintures de femmes : mêmes étoffes.

423 — Quatre ceintures d'hommes : mêmes étoffes.

424 — Quatre ornements en forme de longues bandes ; mêmes étoffes.

425 — Quatre pièces de costumes en toile bleue à armoiries : pantalons et tuniques.

426 — Cinq paires de chaussettes japonaises, soie et coton.

427 — Deux bonnets en soie.

428 — Tapis en soie brochée et lamée de métal : fong-hoang sur fond rouge.

429 — Tapis en soie brochée : fleurs sur fond échiqueté.

430 — Panneau en drap rouge avec applications de drap, peau et de toile peinte; décor de divinités.

431 — Panneau en soie brochée et lamée de métal avec bandes appliquées ; fleurs, dragons et nuages.

432 — Trois porte-feuilles en soie et velours.

433 — Treize enveloppes de boîtes, de sabres, etc., en soie, satin, coton, crêpe, etc.

434 — Longue et large bande de popeline de soie noire lamée de métal, à dragons. — 8 m. 85 cent.

435 — Autre bande en soie brochée à fleurs. — 6 m. 50 cent.

436 — Vingt-quatre morceaux, Chine et Japon : soie, satin, etc.

437 — Lot de fragments, Chine et Japon.

438 — Deux carrés : l'un en satin feu brodé, nid d'hirondelles ; l'autre, en soie grise peinte : oies.

439 — Deux foukousas : l'un, en satin bleu brodé, à personnages ; l'autre, plus petit, en crêpe brodé : coq.

440 — Panneau en largeur, en drap bleu brodé de dragons en soie de couleur au passé.

441 — Important lot d'albums d'échantillons d'étoffes de diverses époques.

442 — Important lot d'albums de peintures et dessins de modèles japonais.

443 — Important lot d'albums d'échantillons d'étoffes japonaises.

444 — Grand panneau en tapisserie dite point des Gobelins, à personnages. Chine.

445 — Panneau d'ancienne tapisserie européenne, présentant un débarquement de guerriers antiques; cadre de travail chinois en bois laqué et papier colorié et doré; au revers, le buste de Frédéric III, de Prusse, sur étoffe.

PANNEAUX PEINTS ET KAKÉMONOS

446 — Panneau en hauteur, en étoffe peinte à l'encre de Chine : habitations et scènes familières dans un paysage traversé par un cours d'eau où jouent des enfants.

447 — Panneau en largeur : peinture à l'encre de Chine : vol de chauve-souris au clair de lune. Japon.

448 — Panneau en hauteur : aquarelle sur étoffe : paons dans les arbres. Japon.

449 — Panneau en largeur : aquarelle sur étoffe : Guerrier avec habitation au second plan. Japon.

450 — Panneau en largeur : laque de couleur et d'or sur étoffe : Raïden, dieu du Tonnerre. Japon.

451 — Paravent, papier peint : Guerrier dans une barque au milieu des flots. Japon.

452 — Deux petits paravents, papier peint : Scènes familières. Japon.

453 — Grand panneau rectangulaire en largeur, portant en pâte de relief douze masques figurant les types hiératiques de la danse de Nô. *Ritsaô.*

454 à 466 — Quatre-vingt-trois kakémonos et makimonos de diverses époques, en soie et papier peints.

467 à 469 — Dix-huit autres.

470 à 475 — Lot d'albums peints à l'aquarelle ou à l'encre de Chine.

476 à 479 — Lot d'albums imprimés en noir et en couleur.

www.ingramcontent.com/pod-product-compliance
Ingram Content Group UK Ltd.
Pitfield, Milton Keynes, MK11 3LW, UK
UKHW021314190726
13839UKWH00007B/1530

9 782329 471631